완곡한 위로

현 진 현

현 진 현

제일기획, 이노션, 엘베스트 등
광고회사에서 카피라이터와 CD로 일했습니다.
2000년 동아일보 신춘문예에 문학비평 부문으로
2009년 경향신문 신춘문예에 단편소설 부분으로
등단했습니다.

지난해 봄날이었다.

머리글

뷰파인더가 좋았다.
들여다볼 때마다 고요하게
생각이 피어났다.
그게 좋아서 찍고 또 찍었다.

사진을 앞에 놓고 떠오르는 생각을
글로 쓰기 시작했을 때에는
무엇인가 위로를 받는 기분이 들었다.
그 위로를 당신과 나누고 싶었다.

결국 당신에게 돌아가는 길이었을까.

목차

1부, 생각의 감각

생각은 감각이었다. 펼쳐내기 전까지는.

마음속에 작은 정원 가꿔보고 싶었어요.

식물은 보살핀 만큼 자란다고 하고
마음속에서도 그럴 것 같아서요.

흉내와 반복이 기원의 형식이라면,
그 순리의 과정을 따르리라.

커졌다 작아졌다 다시 커진다. 크기조차 알 수가 없다.
우린 최소 그런 존재다.

아파트 마당을 거닐며 기도를 했던가.
석탑이든 아파트든 세 개의 층은 안도감을 준다.

분명한 기쁨이란, 맑은 날 동네 초입 대파 한두 단.

봄 끝으로부터 불어오는 바람에는 많은 것이 담겨있다.

처음 봤던 순간, 그때 공기가 준 감촉,

눈의 빛깔, 입술에 묻은 과자부스러기 같은 것.

내가 원한 건 평화가 아닌 고요였지.

어디까지 왔어?

들여다볼 곳이 많다는 게 인생의 묘미 아닐까.

아름다운 이성을 마구 껴안을 수는 없지만
아름다운 건축물은 모든 게 가능하다.

한계는 세계다.

90년대 대구 동성로에 '브람스레코드'라는 레코드 가게가 있었
다. 그곳 주인장의 세일즈토크가 여전히 기억에 남아있다.
그는 바릴리쿼텟이나 빈콘체르토하우스의 베토벤을
손에 들고 말하곤 했다.
"나중에 나이 들면, 이게 다 친구가 돼요."

어느 나라 사람일까? 어느 나라 사람이겠지. 어느 사람이겠지. 사람이겠지. 그렇겠지. 그렇군. 그랬어. 그렇다. 그래. 그럼.

대화하는 사람

기대하는 사람

참여하는 사람

마시는 사람

읽는 사람

걷는 사람,

커피를 즐기며.

생에,
진실이 있다면 그건 아내의 말들.
선하게 살아가래.
거리에서 길을 묻는 할머니를 만나면
가고자 하는 곳까지 모셔다 주더래 내가.
그런 내가 좋았대.

당신의 그런 선함은 당신에겐 돌아오지 않을 수도 있어.
그렇지만 언젠가 복이 되어 자식들에게 돌아와요.

안양농수산물 시장 처마가 습한 눈을 못 이겨 내려앉았다. 며칠 후, 주말 아침 들른 그곳에서 나무를 본다. 곰곰 생각해 보면 나무는 늘 자라고 있다. 나무는 그러니까, 농민과 유통업자와 판매상의 슬픔을 배경으로도 매일 조금씩 자라났고 자라나고 자랄 것이다.

해피 타임머신.

바흐를 연주하는

임윤찬의 왼손과 오른손.

다시 어울리고
다시 혼자가 되고
다시...

남들은 술국으로 해장을 한다지만
나는 새벽 공기를 맞으며 골목을 걷는다.
정신의 해장이랄까?

나: 그럼 사고 싶다.

C형: ......옛날 그 시절에 말이야, 아버지가 석고상을 사 오셨어. 어머니 닮았다고. 집에 오는 애들이 하두 가슴만 만져서 거기가 까매졌거든. 세월이 한참 지나서 그 석고상을 만든 작가가 연락이 온 거야. 석고상 다시 자기에게 돌려주었으면 좋겠다고. 그게 자기 초기작이래. 지금은 다시 그렇게 만들 감각이 없어졌나 봐. 아무래도 안 나온다고. 죽어도 안 나온다고. 대신, 가져가서 청동으로 떠서 주겠다는 거야. 하두 졸라대서 돌려줬지. 그랬더니 청동으로 떠서 보내주대.

나: 근데 형, 그 석고상 정말 어머니 닮았어?

C형: 응.

가까이 다가가 겨우 알아보았네,
로열콘서트허바우 오케스트라.

오랜만에 방에 불을 켰다. 지금껏 불을 켜지 않은 것은 아니고 작은 스탠드는 켜 왔으니, 볼펜이며 쓰다 엎어둔 노트며 찻잔이며 빛에 닿고 말았는지 슬쩍 덴 흔적이 선연하다.

벗는 소리보다 입는 소리
태어나는 소리보다 죽어가는 소리
미친 사람보다 미쳐가는 사람
말이 없는 사람보다 침묵하는 사람

바람이 불자 춤을 추었다.
혼자서는 출 수 없는 춤을 추었다.

나는 깨달았지. 새벽엔 몸이 생각을 좌우한다는 것을.
평소엔 생각이 몸을 좌우하지만 말이다. 또, 새벽에
무엇을 하게 되면 그 무엇이 대단한 것인 양 느껴진다.
아, 정말 대단한 것이면 좋겠다.

맑은 땅을 보면서도,
내리지 않는 비를 걱정하거나
내리는 비를 걱정하거나.

작가가 가진 의도의 대부분은,
자기 생에 대한 위로가 아닐까.

시간이 폭력으로 둔갑할 때, 잠에 빠져든다.

가끔 축구하는 꿈을 꾼다.

골대 앞으로 절묘한 패스가 온다.

하지만 발은 늘 닿지 않는다.

인생이라는, 물컹하고도 생생한 감각.

2부, 나무를 찾아다니는 여행

닮아가는 삶

서서히 물들어가는 사람의 마음을 바라본 적 있으십니까?

다시 한번, 처음부터 만나고 싶어요.

나무가 될 수는 없을 테고 나무 아래 묻히자.

가지에 달린 모과를 볼 때마다 저게 언제 떨어지려나,
손으로 잘 받을 수 있을까... 모과를 들고 가 그녀에게 내미는
상상을 하곤 했다. 하지만 모과는 떨어질 생각이 없었다.
이미 떨어진 모과는 다시 떨어질 수도 없었고.

장이 서면 아주 가끔,
좌판 구석에 본래 놓여있었던 것처럼 나타났다.

동네 마을 새사람 밥 군불 흙담 골목 봉오리

계절이 바뀔 무렵엔 왠지,
모르는 사람에게 인사하고 싶은 기분이 든다.

그래서 말인데요.

'식물성'의 의미를 확장시킬 필요가 있어요.

차창이 필터가 되고, 마을의 이야기는 짙어진다.

아내는 50대가 되었고, 아이들은 모두 성인이 되었다.

늦되는 경향이 다분한 나는 지금

대략 30대 중후반을 지나고 있으리라 추정한다.

잘 아는 동네를 걸을 때면 누구라도 내게
길을 물어봐주었으면 할 때가 있다.

나를 찍기 위해서는 찍는 나를 찍어야 한다.
나를 쓰기 위해서는 쓰는 나를 써야 한다.

그때 와장창! 뒤쪽 자리 한 분이 일어서다 그만 바닥으로 주저 앉았다. 소금 종지가 추락하고 마늘 그릇이 엎어지고 물컵은 뒹굴고... 숯이 놓인 테이블이 엎어지지 않아서 다행이다 하는데 부축되어 나가는 주객의 모습이 앳되다. 저이는 우리 둘째 정도 되겠네... 중얼거리다, 형님! 사진이 그 본질이 아무래도 가족을 찍는 거 아닐까 합니다.

인생은 짧다고들 하지.
그렇담 긴 것은?
뭔지 모를 긴 것 역시
짧은 인생 속에 들어있어.
인생은 본래 모순이라고.

슬픈데 배는 고프더라.

그래서 혼자 밥을 지어먹었지.

그게 또 넘어가더라.

뭔가 모르게 밥이 또 고맙고 좋더라.

내가 본 것을 엄마도 같이 봐.
엄마가 본 것을 내가 같이 보고.

가지런하다. 나도 가지런하게 해야지.

이 산사 예불소리 유명하다는데
소리 없는 기도가 그에 못 미칠까.

같은, 사람의 마음 아닌가 싶었다.

출근길에 얼어붙은 강물을 보았을 때
내게 시간을 허락하겠다고 다짐하는
네 표정을 보는 것 같았다.
허락하겠다는 건 그간 경계가 있었다는 사실의 확인이며
허락한 시간이 곧 끝날 것에 대한 경고였다.
표정으로써의 그 다짐이 얼어붙은 물 위로 피어올랐다.
그것은 차가워져 형체가 사라졌다.
얼음은 녹아서 너의 속으로 흘러들어 가겠지.
그렇게 우리는 각자의 봄을 맞이하겠지.

마음을 쌓는다. 쌓을 수 없음을 알기에.

도시의 해 질 녘을 뷰파인더로 들여다보면,

포커스! 포커스! 하고 외치던 신 감독님 생각이 난다.

순간마다 당신을 찾고 있어.

출근길에 책을 읽었다. 읽으면서 알게 되었다.
당신이 왜 시간의 틈을 책 읽기로 채워 넣는지.

책은 삶에 대한 완곡한 위로였다.

빛은 움직이지 않고 흘러내린다.

어느샌가 중년이 된 아내의 갱신된 운전면허증을 보았다. 인상 참 좋다... 어? 아내 얼굴이긴 한데 어디서 본 것만 같았다.

그렇다. 아내들 대부분은 나이가 들면서 부처의 얼굴을 닮아간다.

자네는 청춘의 무엇을 기억하고 있나?

글쎄요, 기억하고 있는 건 단 하나예요.
살고 싶어 했다는 것.

익숙하지 않은 풍경으로 다니다
익숙한 풍경으로 돌아와 아침을 맞는다.

'다녀올게'라는 말은,
익숙하지만 귀한 약속.

걷고 있다. 생각하고 있다.

바른 길은 없다. 바르게 갈 뿐이지.

3부, 누군가에 대해

1996 - 2025

이별.

괴롭고 힘든 순간에는
고요히 흐르는 새벽의 강물을 떠올린다.
순간들은 적층이 되어 수십 년을 버틴다.
모래톱처럼.

나는 당신이 늘 있을 줄 알았다.

나는 정말 당신이 늘 있을 줄 알았다.

사실은,

그렇지 않다는 것을 이미 알고 있었다.

　　　돌아온단 기약 따위 감내하기 힘들었지.

그래도 말할게.

나는 당신이 늘 있을 거라고 믿어.

그러면서 나도 늘 있을 거라고 말할게.

슬픔은 슬픔을 낳는다.

사랑하는 것은 사랑이 맞다지만
사랑하는 것만이 사랑은 아니야,
믿는다는 것은 믿음이 맞다지만
믿는다는 것만이 믿음은 아니야.

그녀의 눈가에 눈물이 비쳤다.
왜 그래요? 묻자마자 왈칵 눈물을 쏟았다.
나도 눈물이 났다.

언젠가 내가 웃으면 그녀도 따라 웃었던가.

위로를 하면 위로받는다는 기분이 든다.

음악을 들으며 생각한다.

빛과 그림자, 가사와 멜로디 만으로도
살아갈만한 가치가 충분하다고.

단조로운 내 인생으론 어찌 아무 글이 안된다 싶었다. 레코드
와 사진을 귀 기울이고 눈여겨보는 수밖에.

그렇게 글을 썼다. 그 이야기들이 부메랑이 되어 생각의 지평
을 두드렸다. 단조로움이 거짓을 벗겨내기 시작했다. 나는 대
부분 그런 식으로 자랐다.

중학교 시절, 특활반에서 청도 유천이란 곳에 야유회를 갔다. 발을 디디고 강을 유영하던 나는, 순식간에 통제할 수 없는 구덩이에 발을 허우적댔다. 순간, 물이 삼켜지는 고통과 어떤 안온함이 함께 들이닥쳤다. 통제할 수 없었다. 그 '통제 불능'이 죽음의 기운이었다.

사람은 혼자여야 한다,라고 믿어 의심치 않게 된 건
인생 쉰두 해 혹은 쉰한 해의 결론입니다.

혼자서는 힘든 일도 혼자여서 가능한 것일까요?

대덕면의 기억을 찾아가 봤다. 토요일 아침 9시 무렵, 면사무소 앞 큰길을 20분 정도 걸었고 세 사람을 마주쳤다.

지난번엔 경산, 살던 집을 가 봤다. 오래된 아파트에 있는 오래된 놀이터에서 사진을 찍자 지나던 어르신 한 분이 궁금해했다.

저 여기 살았었어요.

……여기서 그네를 탔어요. 그땐 모래밭이었죠.

책을 읽는다는 것은

글쓴이의 마음속을   세상에 없는 속도로 걷는 일.

아버지와 아버지 앞의 나 그리고 뒷좌석에 묶인 빈 냄비,
그렇게 셋이 자전거를 타고 할아버지가 드실 염소탕을 사러
갔다. 맑은 일요일 아침이었다. 냄비의 색깔이 떠오른다.
두세 살 어릴 적이었지만 그때를 기억한다.
착각이 아니면 좋겠다.

여행이란, 잠시 앉을 빈자리를 찾아다니는 것 아닐까.

당신을 만나고 서른 해가 지나갔다. 이제야
나는 당신이 아파요*

* 롤랑 바르트(Roland Barthes), '나는 그 사람이 아프다'(사랑의 단상)

장모님은 평소 아내와 함께 운문사에 피는 벚꽃을 기다리셨는데 봄이 오기도 전에 그만 돌아가셨다. 생전에 꽃을 정말이고 좋아하셨으니 예전 꽃의 기억을 잘 품고 계시리라... 장모님 별세 일주일여 전 운문사에서 매화 꽃봉오리를 찍었다.

해가 지고 가족이 가까워진다. 해가 지고 다시 혼자가 된다.

동어반복의 계절.

꽃마다 다르듯

사람마다 달라서

한 사람 한 사람

그 사람 생각을 한다.

너무 추워서 정지 버튼을 누르고 싶은 날이었다. 그런 날 당신을 떠올렸다. 당신을 맞으려 나는 다른 계절로 향하고 있는 것 같아서 날씨에게 힘내라고 말했다. 이봐요, 얼른 추워버리자. 당신이 너무 보고 싶다.

오랜 것 앞에 망설임이 있다.
　나이 든 것이 아니라 오랜 것이어서.

맺음

일상과 당신이라는 세상을 들여다보는 일이
나의 일인 것 같다.

작은정원 가벼운 사진책 : 사진으로 생각하기

전문 포토그래퍼의 사진은 예술작품입니다. 하지만 사진이 전문 포토그래퍼가 독점하는 영역은 아니지요. 사진의 전문가가 아닌 각계 영역의 전문가가 자신의 전문성과 더불어 사진으로 드러내는 영역이 **작은정원**은 궁금했습니다. 마치 사진이 사진이어서 회화와 다른 것처럼, 전문 포토그래퍼가 아니므로 새로운 사진의 영역이 있을 것 같았습니다. 그들의 관심이 무엇이고, 어떠한 생각을 하고 있는지 사진과 글이 들려줄 것 같았습니다.

완곡한 위로

발행일   2025년 6월 16일
펴낸이   김정경
지은이   현진현
편 집   현진현 박상호 김정경
펴낸곳   작은정원 (제 385-2020-000035호)
전 화   010-3501-7775
이메일   oldmarx@gmail.com

ⓒ 현진현 2025
ISBN 979-11-992481-0-6 03810